AF358310

VENTE

du Vendredi 22 Janvier 1904

Hôtel Drouot, Salle n° 7
à deux heures.

TABLEAUX

Anciens et Modernes

PEINTURES DE PANINI

PRIMITIF ALLEMAND

DESSINS, AQUARELLES, GRAVURES

Mᵉ LÉON TUAL
Commissaire priseur.

M. PAUL ROBLIN
Expert.

CATALOGUE

DE

TABLEAUX

Anciens et Modernes

Par ou attribués à : Bordes, Capy, Cayron, Daubigny,
Defaux, Delort, Diaz, Duvieux,
Gervex, Guillaumet, Isabey, Martin, Mlle Mercier, Moutier,
Palizzi, Pécrus, Quinzac, Renard, Rousseau,
Trouillebert, Ulrich, Van Loo, etc.

QUATRE PEINTURES DE PANINI

Primitif Allemand

Dessins et Aquarelles

PAR Churchill, Detaille, Flameng, Forain, Hung, Jackson,
Jacque, Letuai e, Regamey, etc.

PORTRAITS CONTEMPORAINS

PAR AIMÉ ROME

LIVRES, GRAVURES, etc.

Dont la Vente aux Enchères publiques aura lieu :
**Hôtel des COMMISSAIRES-PRISEURS, Rue Drouot, n° 9
SALLE N° 7.**

Le Vendredi 22 Janvier 1904, à 2 heures

Commissaire-Priseur :	Expert :
Me Léon **TUAL**	M. Paul **ROBLIN**
56, Rue de la Victoire, 56	65, Rue St-Lazare, 65

EXPOSITION PUBLIQUE

le Jeudi 21 Janvier 1904, de 1 h. 1/2 à 5 h. 1/2.

CONDITIONS DE LA VENTE

Elle sera faite au comptant.

Les Acquéreurs paieront *dix pour cent* en sus des prix d'adjudication.

L'Exposition mettant le public à même de se rendre compte de l'état des objets, aucune réclamation ne sera admise une fois l'adjudication prononcée.

Ordre de la Vacation

GRAVURES — DESSINS — TABLEAUX

TABLEAUX
ANCIENS ET MODERNES

BORDES (E.)

1. Nature morte. Armes, potiche et fleurs.
   Toile signée. (H. 0,45. L. 0,54)

CAPY (M.)

2. Aiguière et Armes.
   Toile signée. (H. 1,30. L. 0,95)

CAYRON (Jules)

3. Paysanne hélant le passeur.
   Toile signée et datée septembre 96. (H. 0,46. L. 0,61)

COURBET (attribué à)

4. Marine.
   Toile. (H. 0,35. L. 0,53)

DAUBIGNY

5. Paysage.
   Bois. Signé. (H. 0,22. L 0,3?)

DEFAUX (F.)

6. La Vague.
   Toile, signée et datée 1888. (Hors concours).
   (H. 1,13 L. 2ᵐ,.

DELORT

7. Un Cardinal.
   Bois. Signé.   (H. 0,17. L. 0,10)

DIAZ (attribué à)

8. Baigneuse.
   Bois.   (H. 0,20. L. 0,14)

DUVIEUX

9. Port de Constantinople.
   Toile. Signée.   (H. 0,40. L. 0,69)

ÉCOLE ALLEMANDE XVIᵉ SIÈCLE ?

10. Le Christ en croix, à ses pieds la Vierge et
    Saint Jean. — Au verso, Saint Jean-
    Baptiste debout.
    Panneau   (H. 0,75. L. 0,42)

ÉCOLE ANCIENNE

11. Jésus au Jardin des Oliviers.
    Peinture sur cuivre   (H. 0,28. L. 0,20)

ÉCOLE FLAMANDE

12. Paysage.
    Toile.   (H. 0,32. L. 0,40)

ÉCOLE FLAMANDE

13. Paysages. Deux pendants.
     Toiles.   (H: 0,95. L. 1ᵐ30)

ÉCOLE HOLLANDAISE

14. Paysage, effet de nuit.
     Toile.   (H. 0,42. L. 0,55)

ÉCOLE ITALIENNE

15. Sainte famille.
     Toile. Cadre en bois sculpté. (H. 0,63. L. 0,48)

GERVEX (H.)

16. Tête de femme.
     Toile. Signée des initiales. (H. 0,14 Larg. 0,12)

GUIDE (D'après Le)

17. L'Aurore.
     Toile.   (H. 1 m. L. 2 m.)

GUILLAUMET (G.)

18. Tisserands arabes.
     Toile. (Vente de l'Artiste).   (H. 0,27. L. 0,40)

INCONNU

19. Vue de ville avec rivière et montagnes dans
     le fond.
     Toile.   (H. 0,55. L. 0,79)

ISABEY (Attribué à Eug.)

20. Canal à Amsterdam.
 Bois.   (H. 0,34. L. 0.29)

JOHANNOT (Alfred)

21. Sarragosse.
 Toile.   (H. 0,57. L. 0,35)

LE BRUN (Attribué à Ch.)

22. Judith, Saül. Deux pièces ovales faisant
 pendants.
 Toiles.   (H. 0,82. L. 0,63)

LELOIR Père

23. Lutte pour la fortune.
 Esquisse sur papier.   (H. 0,38. L. 0,27)

LE SUEUR (Attribué à)

24. Le Temps, la Fortune et l'Amour.
 Toile.   (H. 0,98. L. 1^{m}28)

MARTIN (F.)

25. Nature morte. Réchaux et Bouquins.
 Toile. Signée et datée 80.   (H. 0,41. L. 0,61)

MERCIER (Mlle Louise)

26. A l'Eglise " Veulettes-sur-Mer ".
 Toile signée et datée, 1882.   (H. 0,72. L. 0,59)

MOUTIER

27. Marine, effet d'orage.

Bois signé.   (H. 0,60. L. 0,75)

PALIZZI

28. Paysage.

Bois signé.   (H. 0,16. L. 0,21)

PANINI

29. Temple en ruines avec statue de Diane et de nombreux personnages.

Toile, cadre en bois sculpté.   (H. 0,90. L. 1,16)

30. Intérieurs de Palais, avec personnages. Deux pendants.

Toiles.   (H. 1m L. 1,35)

31. Ruines et Animaux.

Toile.   (H. 1.30. L. 0,95)

PÉCRUS

32. Jeune femme debout.

Bois signé.   (H. 0,32. L. 0,22)

QUINZAC

33. Une rue au Caire.

Toile signée. *Caire, 1890.*   (H. 0,40. L. 0,32)

RENARD (Emile)

34. Le Petit bras de l'Orge à Athis. (Salon de
     1882).
       Toile signée.   (H. 1,32. L. 1,85)

35. Le Petit Pont.
       Toile signée et datée 75.   (H. 0,88. L. 0,60)

ROUSSEAU (Th.)

36. Paysage.
       Toile signée.   (H. 0,40. L. 0,32)

SALVATOR ROSA (attribué à)

37. Scène de brigands.
       Toile.   (H. 1.12. L. 0,72)

STEVENS (Genre de A.)

38. Portrait de femme.
       Toile.   (H. 0,47. L. 0,38)

TENIERS (d'après D)

39. Le Remouleur.
       Esquisse sur carton.   (H. 0,21. L. 0,18)

TITIEN (Ecole du)

40. Assomption de la Vierge.
       Toile.   (H. 0,63. L. 0,35)

TROUILLEBERT

41. Laveuse au bord d'un étang.
Toile signée. (H. 0,45. L. 0,54)

ULRICH

42. Cascade de Grésy, près Aix.
Bois, signé. (H. 0,35. L. 0,26)

VAN LOO (d'après)

43. Portrait de Louis XV en buste.
Toile. Cadre en bois sculpté. (H. 0,64. L. 0,53)

Dessins & Aquarelles

44. **Anonyme.** — Paysages. Deux pendants.
Crayon noir rehaussé de blanc.

45. **Beaucé.** — Arabes. Pastel, signé.

46. **Belly.** — Paysage. Fusain, signé.

47. **Bouchet (J.).** — Intérieur d'une habitation
à Pompéi. Aquarelle, signée et datée 1831.

48. **Breslau** (Mlle L.). — Portrait de jeune fille. Pastel, signé des initiales et daté 1888.

49. **Bruneau** (Am.). — Bouquet de fleurs. Aquarelle, signée.

50. **Callebrège**. — Sujet religieux. Plume, signé.

51. **Churchill**. — Albanais et Albanaises. Deux aquarelles signées et datées 1863.

52. **David d'Angers** (Rob.). — Statue de Talma. Crayon noir, signé.

53. **Dehaussy**. — Tête de femme. Crayons de couleur. Signé et daté, 1846.

54. **Detaille** (Ed.). — Officier de Cuirassiers. Aquarelle signée des initiales. *Camp de Châlons, sept. 68.*

55. **Devéria** (Ach.). ? — Le Général Gouvion Saint-Cyr. Crayon noir.

56. **Donzel**. — Paysage. Fusain signé.

57. **Dubouloz**. — Sujets pour illustration. Deux dessins à la sépia.

58. **Ecole Ancienne**. — Portrait du Titien. Plume.

59. **Ecole Française**. — La Chasse. Sanguine.

60. **Ecole Française**. — Portrait présumé de Laborde de Méréville. Pastel.

61. **Ecole Hollandaise**. — Portrait de femme âgée. Sanguine.

62. **Ecole Hollandaise**. — Portrait de vieillard à longue barbe. Sanguine.

63. **Ecole moderne**. — Vieillard appuyé sur une canne, crayon noir.

64. **Flameng** (Fr.). — Entrée triomphale de Bonaparte dans une ville d'Italie. Plume et aquarelle. Signé.

65. **Forain**. — Portrait de l'Artiste. Etudes et croquis. Douze sujets dans le même cadre. Plume et aquarelles.

66. **Fourié**. — Paysanne. Fusain, signé.

67. **Fragonard** (Ecole de). — Paysan et paysanne assis. Lavis de sépia.

68. **Greuze** (Ecole de). — Jeune fille tenant un agneau. Pastel,

69. **Guérard** (H.). — Oiseaux et bambous. Compositions pour éventail. Aquarelle signée.

70. **Guillaumet** (G.). — Blanchisseuse kabyle. Crayons noir et blanc. (Vente de l'artiste).

71. **Hung**. — Guitariste napolitain. Aquarelle, signée et datée 1855.

72. **Jackson** (V. de W.). — Vieux mendiant. Crayon noir, signé et daté. Dinan, 1880.

73. **Joyant** (J.). — La Piazetta. Plume et lavis. Signé des initiales.

74. **Jacque** (Ch.). — Tête de bélier. Mine de plomb rehaussée d'aquarelle.

75. **Kauffman** (attribué à Ang.). — Deux têtes de femmes. Crayons de couleur.

76. **Lajoue** (genre de). — Singe et chat. Crayon rehaussé.

77. **Lebas** (Hyp.). — Singe buvant. Crayon noir rehaussé de gouache, signé : *H. Lebas à son ami Félix Gallois 1849.*

78. **Le Brun** (Ecole de Ch.). — Apothéose d'une reine. Composition pour plafond. Plume.

79. **Le Prince** (Attribué à J.-B.). — Intérieur de Palais avec personnages. Plume.

80. **Letuaire**. — Marines. Quatre gouaches.

81. **Marchal** (Ch.). — Alsacien labourant. Etude au crayon noir rehaussé de blanc. Signé et dédié à son ami Corot.

82. **Myrbach**. — Dessin pour illustrer " Les Inconsolables " de Henry Lavedan. Encre de Chine. Signé.

83. **Picart** (Attribué à Bernard). — Intérieur de Palais. Plume.

84. **Prud'hon** (Ecole de P.P.). — Tête de femme. Crayon noir et pastel.

85. **Raffet** (Attribué à). — Femme Italienne. Aquarelle.

86. **Raphaël** (d'après). — Joseph expliquant les songes. Estampe habilement gouachée.

87. **Régamey** (G.). — Ralliement de zouaves, (Soir de Wissembourg). Crayon noir, signé.

88. **Reverchon**. — Etudes de femmes. Trois dessins au crayon noir, signés.

89. **Robert** (Hubert). — Femmes au puits.
Crayon noir.

90. **Rome** (Aimé). — Portrait de la Reine
Nathalie. Mine de plomb.

91. **Rome** (Aimé). — Portrait du Général de
Gallifet. Mine de plomb.

92. **Rome** (Aimé). — Portrait de Casimir-Périer.
Mine de plomb.

93. **Rome** (Aimé). — Portrait de Massenet.
Mine de plomb.

94. **Rottamer**. — Enlèvement des Sabines.
Plume, signée.

95. **Saint-Didier** (Mme). — Paysage. Aquarelle.

96. **Vernet** (Genre de J.). — Marine. Encre de
Chine.

Gravures, Livres, Portefeuille

97. **Boilly** (d'après L.). — Ire et IIe Scène de voleurs. Deux pièces par Gror.

98. **Dubucourt**. — Le Menuet de la Mariée. — La Noce au Château. Deux pièces en couleur. (Reproductions).

99. **Dubucourt**. — Scène de voleurs, Effet de neige. Belle épreuve imprimée en couleur.

100. **Helleu**. — Femme assise devant un guéridon. Pointe sèche.

101. **Janinet**.—Portraits de Henry IV et de Sully. Deux pièces imprimées en couleur.

102. **Leclère** (Séb.). — Siège de Douai. — Siège de Tournay. Deux pièces.

103. **Richomme**. — Portrait du duc d'Enghien dans un cadre orné de fleurs de lys.

104. Album des fêtes données en l'honneur du
Prince Impérial pour son baptème. In-fol.
cart.

105. Les Principaux Dessins du Musée du Lou-
vre, par H. de Chennevières. 3 vol. in-4,
cart.

106. Vues d'Egypte et de Nubie. Recueil de 150
vues, avec texte par Palmiéri. In-fol.

107. Environ soixante gravures de divers formats,
par ou d'après Ingres, Gros, Cabanel,
Gérard, Prudhon, Calametta, etc., seront
vendues par lots.

108. Trois cartons d'estampes et de lithographies.

109. Un grand cartonnier anglais, monté sur che-
valet en bois noir, avec fermoir à clef et
support à coulisse nickelé. (H. 0,88. L. 1,20)

GRANDE IMPRIMERIE DU CENTRE. — HERBIN, MONTLUÇON.